Los Cinco

HISTORIAS CORTAS

Los Cinco

Tim   Ana   Dick   Julián   Jorge

Título original: FIVE AND A HALF-TERM ADVENTURE
Texto © Enid Blyton, 1956
Ilustraciones © Jamie Littler, 2014

La firma de Enid Blyton es una marca registrada de Hodder & Stoughton Ltd
Texto publicado por primera vez en Gran Bretaña en la revista anual de Enid Blyton - No. 3, en 1956
Edición original publicada en Gran Bretaña por Hodder Children's Books, en 2014

© de la traducción española:
EDITORIAL JUVENTUD, S. A., 2014
Provença, 101 - 08029 Barcelona
www.editorialjuventud.es
info@editorialjuventud.es
Traducción de PABLO MANZANO

Octava edición, marzo del 2019

ISBN 978-84-261-4099-9
DL B 10909-2014
Printed in China

Enid Blyton

AVENTURA OTOÑAL

Ilustrado por **Jamie Littler** • Traducción de **Pablo Manzano**

Editorial **EJ** Juventud

Provença, 101 – 08029 Barcelona

Historias Cortas de Los Cinco

Encontrarás en la última página
de este libro la lista completa de
Las Aventuras de Los Cinco

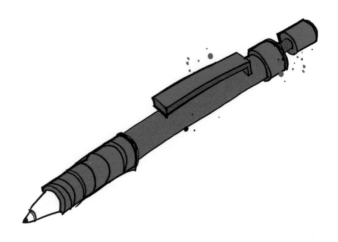

Índice

CAPÍTULO UNO

Los Cinco estaban pasando unos días en Villa Kirrin. Por primera vez el cole de los chicos y el de las chicas habían aprovechado el mismo fin de semana largo para hacer vacaciones de otoño.

–Qué suerte que tenemos estos días de vacaciones –dijo Ana acariciando a *Tim*–. ¡Y qué buen tiempo hace!

–**¡Tenemos cuatro días!** –dijo Jorge–. ¿Qué vamos a hacer?

–**¡Bañarnos!** –respondieron Dick y Julián a coro.

–**¿Qué?** –dijo su tía, espantada–. **¿En noviembre?** ¡Estáis locos! **Eso no, Julián, ni hablar.**

–Vale –Julián le sonrió–. No te preocupes, tía. En cualquier caso no hemos traído bañadores.

–**Vamos a la colina de Wind** –dijo Dick–. Es un paseo genial, casi todo el camino junto al mar. Seguro que todavía quedan moras y avellanas. ¡Me apetece dar un paseo!

–Guau –dijo *Tim* en seguida
poniéndose en dos patas delante de Dick.
Siempre se alegraba al oír esa palabra mágica:
¡Paseo!

–Vale, **pues hagamos eso** –dijo Ana–. Tía Fanny, ¿puedes prepararnos el almuerzo o es mucha molestia?

–Mejor si me ayudáis –dijo la tía–. Vamos a la cocina a ver qué hay. Pero recordad que en esta época oscurece **pronto**, así que no regreséis muy tarde.

CAPÍTULO DOS

Los Cinco partieron al cabo de media hora.
Julián llevaba una mochila con sándwiches y
trozos de pastel, y Dick, una cesta para recoger
avellanas o moras. Si encontraban moras,
tía Fanny les había prometido una tarta de
manzana y moras.

Tim estaba supercontento. Corría y olfateaba todo a su paso. De pronto se detuvo junto a un erizo enrollado y empezó a ladrarle.

–Déjalo en paz –le ordenó Jorge–. Ya sabes que **no puedes** llevarte un erizo a la **boca, *Tim*. No lo despiertes**. ¡Dormirá todo el invierno!

–Hace un día precioso para ser noviembre –dijo Ana–. Hay hojas de todos los colores: rojas, amarillas, marrones, rosadas... ¡Y los árboles parecen de oro!

–¡Moras! –gritó Dick al ver una zarza en la que todavía quedaban frutos. ¡Venid a probarlas, **están dulcísimas!**

Hicieron una pausa en el paseo, pues **los Cinco** habían descubierto más zarzas llenas de moras. Las bayas que quedaban eran grandes y sabrosas.

–¡Se te **derriten** en la boca! –dijo
Jorge–. **Prueba una, _Tim_.**

Pero _Tim_ escupió una mora con disgusto.

–**¿Qué son esos modales**, _Tim_? –le
dijo Dick, y _Tim_ meneó la cola y echó a andar
alegremente.

Era un paseo agradable y tranquilo. Se detuvieron en un bosquecillo y empezaron a llenar la cesta con las nueces caídas de unos nogales. Había dos ardillas sobre una rama, que parloteaban enfadadas. ¡Se estaban llevando sus nueces!

–¡Solo nos llevaremos unas pocas! –les dijo Ana–. Espero que tengáis suficiente para pasar el invierno.

En lo **alto de la colina** pararon para almorzar. Aunque no era un día de viento, allá arriba soplaba una brisa fuerte, así que Julián buscó refugio detrás de un arbusto.

–Aquí nos dará el sol y estaremos protegidos del viento –dijo–. ¡Ana, reparte el almuerzo!

–Me muero de hambre –comentó Jorge–. Julián, **no puedo creer** que apenas sea **la una**.

–Eso marca mi reloj –dijo Julián–. Jamón y lechuga. ¡Justo lo que quería! Fuera, *Tim*, no puedo comer si estás intentando darle un mordisco a mi sándwich.

CAPÍTULO TRES

Desde allá arriba la vista era magnífica.
Los cuatro niños devoraban sus sándwiches
mientras contemplaban el valle. Abajo había
un pueblo que se extendía entre las colinas.
El humo ascendía lentamente desde las
chimeneas.

–¡**Mirad,** un tren, allá abajo! –exclamó Jorge señalando con el sándwich–. Parece de juguete.

–Se dirige a **Beckton** –dijo Julián–. Está parando en aquella estación. ¡Es cierto que **parece de juguete!**

–Supongo que luego seguirá hasta **Kirrin** –dijo Dick–. **¿Hay más sándwiches? ¿Qué? ¿Ya no quedan?** ¡Vaya! Pues tomaré un trozo de pastel. Pásame uno, Ana.

Siguieron charlando relajadamente, disfrutando del reencuentro. *Tim* se acercaba a uno y luego a otro, recibiendo un trozo de jamón por aquí y otro por allá.

–Acerquémonos a aquellos árboles –dijo Jorge–. A ver si encontramos moras, nueces o algo más. Y después tendríamos que ir pensando en regresar. **El sol está cayendo a toda prisa**.

–Es cierto, y **apenas son las dos** –dijo Julián contemplando el sol rojo de noviembre que apenas asomaba en el horizonte–. Busquemos un poco más y regresemos. Me encanta ese camino por el acantilado junto al mar.

Fueron hasta el bosquecillo, donde se alegraron de encontrar un montón de avellanas en el suelo. *Tim* recogió un puñado con la boca y se lo llevó a Jorge.

–Gracias, *Tim* –dijo ella–. Eres muy listo, solo te falta aprender a diferenciar **las buenas de las malas**.

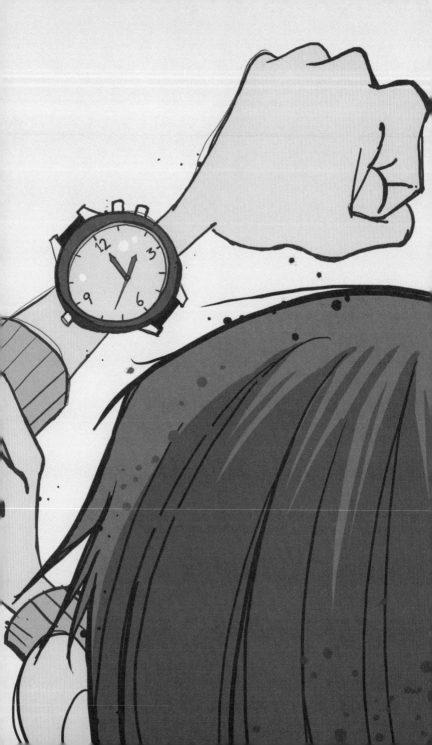

–Ya se ha puesto el sol –dijo
Dick después de un rato–, y está oscureciendo.
Julián, **¿estás seguro de que tu reloj va bien?**

Julián miró su reloj.

–Todavía marca las dos –dijo
sorprendido–. ¡Vaya, **se ha parado**, y
seguro que **antes de eso ya atrasaba!**

–¡Qué despiste! –dijo Dick–. Con razón
Jorge pensaba que era más tarde cuando dijiste
que era la una. Ahora no llegaremos antes
de que anochezca. ¡Y ni siquiera tenemos
linternas!

–Y el camino del acantilado es peligroso
en la oscuridad –dijo Ana–. En algunos tramos
hay que andar cerca del precipicio.

–Será mejor que regresemos ahora mismo –dijo Julián–. Lo siento mucho, ni se me ocurrió pensar que mi reloj pudiera ir mal.

–Tengo una idea mejor –dijo Jorge–. ¿Por qué no bajamos a **Beckton** y tomamos el **tren** que va a **Kirrin**? Si volvemos andando se nos hará muy tarde y mi madre llamará a la policía.

–**¡Buena idea, Jorge!** –dijo Julián–. **¡Vamos!** Bajemos ahora que todavía hay luz. Ese camino va directo hasta el pueblo.

CAPÍTULO CUATRO

Los Cinco se pusieron en marcha a toda
prisa. Cuando llegaron al pueblo ya había
anochecido, pero por suerte las calles estaban
iluminadas. Apurando el paso tomaron la calle
principal rumbo a la estación.

–¡En el cine están dando **Robin Hood**! –dijo Ana–. ¡Mirad los **carteles**!

–¿Y qué son aquellos otros carteles? –preguntó Jorge–. ***Tim*, ven aquí!** **¡Oh, ha cruzado la calle! ¡Ven AQUÍ, *Tim*!**

Pero *Tim* ya estaba subiendo las escaleras del ayuntamiento. Julián se echó a reír.

–Hay un **concurso de perros** –dijo–. ¡El bueno de *Tim* quiere participar!

–Ha olido a los otros perros –dijo Jorge con disgusto–. **Vamos a buscarlo** o perderemos el próximo tren.

La entrada estaba empapelada con carteles de perros de diferentes razas. Mientras Jorge iba a por *Tim*, Julián se detuvo a mirar los carteles.

–Son perros de raza y **muy valiosos** –dijo–. Algunos son preciosos. Mirad ese pequinés blanco. Mirad, Tim parece apenado. Creo que sabe que él nunca ganaría ningún premio **¡excepto de inteligencia!**

–Lo atrajo el olor de los otros perros –dijo Jorge–. Está enfadado porque no lo dejaron entrar.

–¡Daos prisa! –gritó Dick–. ¡Creo que **allá viene el tren!**

Y echaron a correr hacia la estación, que estaba cerca.

Estaban en la taquilla comprando los billetes cuando el tren llegó. Luego, mientras el guardia anunciaba la partida, los Cinco llegaron corriendo al andén. Dick abrió la puerta del último vagón y todos subieron jadeando.

—¡**Caray**, por los pelos! —dijo Dick dejándose caer en un asiento—. **Ten cuidado, _Tim_, casi te tropiezas.**

40

Una vez que recuperaron el aliento, los cuatro niños echaron un vistazo al vagón, que no estaba vacío como pensaban. En el otro extremo había un hombre y una mujer, sentados frente a frente. Ambos miraron **a los chicos con mala cara**.

–¡**Oh!** –exclamó Ana al ver que la
mujer llevaba algo envuelto en un chal–.
Espero que no hayamos **despertado a su
bebé**.

La mujer meció el bulto en sus brazos,
mientras le canturreaba y lo cubría con el chal.
Ana observó que el chal estaba sucio.

–¿Cómo está? –preguntó el hombre–.
Cúbrela un poco más. Hace frío.

–Ya está, ya está bien –susurró la mujer dulcemente mientras tiraba del chal.

Los niños dejaron de prestar atención y se pusieron a charlar. *Tim,* echado junto a Jorge, parecía aburrido. De pronto olfateó algo en el aire, **se acercó** a la mujer y tocó el **bulto** con la pata.

CAPÍTULO CINCO

La mujer dio un grito, y el hombre le gritó
a *Tim*.

–**¡Qué haces! ¡Largo!** ¡Eh, chavales,
vigilad a vuestro perro! ¡Le ha dado **un susto
de muerte al bebé!**

–¡*Tim*, ven aquí! –lo llamó Jorge, sorprendida de que *Tim* se acercara a un bebé. *Tim* gimió y regresó con ella, y luego se volvió hacia la mujer.

Entonces se oyó un llanto suave en el interior del chal, y la mujer frunció el ceño.

–**La has despertado** –le dijo al hombre, y empezó a discutir con él.

¡Pero **qué desobediente** era *Tim*! Antes de que Jorge pudiera evitarlo, ya había vuelto a **acercarse** a la mujer con el bulto **gimiendo**. El hombre **se levantó** furioso.

–¡No toque a mi perro! –le advirtió Jorge–. **¡No lo toque** o le **morderá!**

Y por suerte, en aquel preciso instante el tren se detuvo en una estación.

–¡Bajemos y cambiemos de vagón!
–propuso Ana, y abrió la puerta.

La pandilla se cambió a un vagón cerca
de la locomotora. Jorge tuvo que llevar
a *Tim* a rastras.

–¿Qué es lo que te pasa? –le dijo Jorge, enojada–. **¡Nunca te han interesado los bebés!** ¡Siéntate y **quédate quieto!**

La voz de Jorge lo estremeció, así que *Tim* se metió debajo del asiento y allí se quedó. El tren paró en una pequeña estación y bajaron algunos pasajeros.

–Esto es **Seagreen** –dijo Dick mirando por la ventana–, **y esos son el hombre y la mujer con el bebé**. Tengo que decir que no los querría como padres.

–Ya es de noche –dijo Jorge–. ¡Suerte que llegamos a coger este tren! Mamá ya estará preocupada.

CAPÍTULO SEIS

Era agradable volver a estar en Villa Kirrin, merendando, mientras le explicaban su paseo a la madre de Jorge. Estuvo muy contenta con las nueces, las avellanas y las moras. Luego le explicaron lo de la pareja del tren. *Tim* se había acercado para tocar al bebé. ¡Qué extraño!

–Antes de eso ya se había comportado de un modo extraño –recordó Ana–. ¿Sabes, tía Fanny? En el ayuntamiento de **Beckton** había **una exposición canina**, y *Tim* debió de ver los carteles y creyó que lo dejarían entrar.

–¿De verdad? –dijo la tía riéndose–. ¡Tal vez quería encontrar a esa pequinesa blanca preciosa **que robaron hoy!** La señora Harris llamó para contármelo. ¡Vaya revuelo se armó! La perrita está valorada en **seis mil euros**. La dejaron en su cesta y al instante **había desaparecido**. No vieron a nadie que se la llevara, y aunque buscaron por todas partes no la encontraron.

–¡Vaya, qué misterio!

–dijo Ana–. ¿Cómo puede alguien llevarse a un perro **sin que nadie lo vea?**

–Muy fácil –observó Dick–. Lo envuelves con una manta y te **marchas de la sala.** ¡Con tanta gente nadie se daría cuenta!

–¡O lo envuelves con un chal y finges que es un bebé! –dijo Ana–. Como esa pareja con el chal mugriento que vimos en el tren. Nosotros pensamos que llevaban un bebé, pero bien podría haber sido un perro, un gato, incluso un mono. **¡No podíamos verle la cara!**

De repente se quedaron en silencio. Todos miraban a Ana, pensativos. Julián **golpeó la mesa,** sobresaltándolos.

–Ana acaba de decir algo interesante –dijo–. ¡Pensemos un momento!

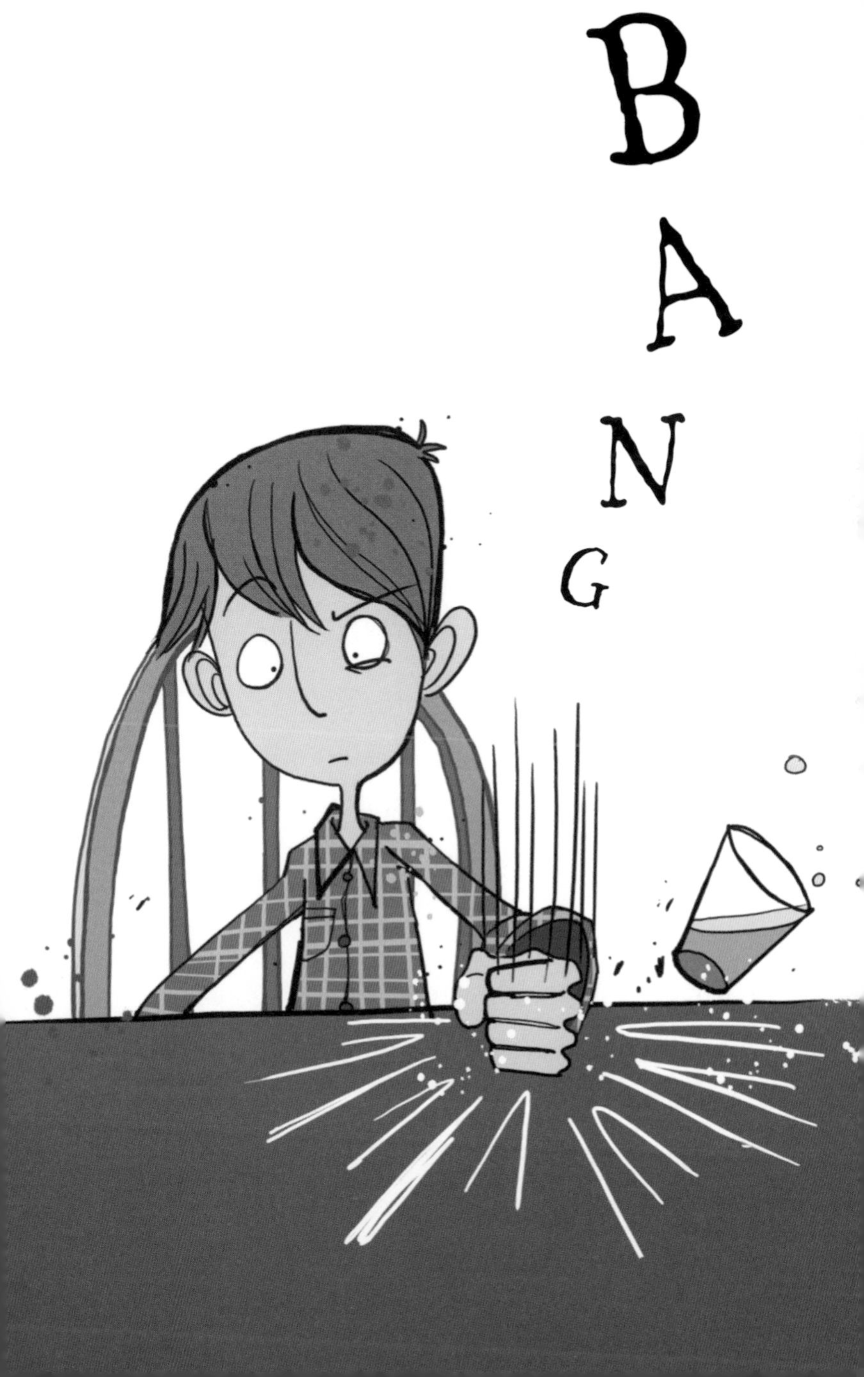
BANG

¿Alguien llegó a verle la cara al bebé, o al menos el pelo? Ana, tú eras la que estabas más cerca. ¿Viste algo?

–**No** –respondió Ana sorprendida–. No vi nada. Lo intenté, porque me encantan los bebés, pero el chal le tapaba la cara y la cabeza.

–Y eso no es todo –dijo Jorge–. ¿Recordáis que *Tim* se acercó dos veces a la mujer con el bebé? **Los bebés nunca le han llamado la atención**. Y sin embargo **no había manera** de sujetarlo.

–¿Y recordáis el llanto del bebé? –dijo Dick–. Ahora que lo pienso, parecía más **el gemido de un perrito**. No me extraña que *Tim* estuviera tan nervioso. ¡Tim sabía que era un perro, lo reconoció **por el olor!**

–¡Dios mío, **tenemos que hacer algo**! –dijo Julián poniéndose de pie–. Propongo que vayamos a **Seagreen** e investiguemos.

CAPÍTULO SIETE

–**¡Ni hablar!** –dijo tía Fanny con firmeza–. **No lo permitiré**, Julián. Ya es de noche, y no quiero que salgáis a buscar a unos ladrones de perros.

–**Era solo una idea** –dijo Julián decepcionado.

–**Llama a la policía** –propuso tía Fanny–. Cuéntale lo que habéis visto. Ellos querrán saber qué ha ocurrido, averiguarán si esa pareja llevaba un perro o un bebé. ¡La policía se ocupará!

–Vale –dijo Julián,
lamentando que su tía le arrebatara
la ocasión de una aventura. Se dirigió al
teléfono con cara larga. ¿Por qué tía Fanny
no los dejaba ir de noche a Seagreen? ¡Habría
sido tan emocionante!

La policía mostró **el máximo interés**. Le hicieron un montón de preguntas y Julián les contó todo lo que sabía, mientras los demás escuchaban con atención. Después de colgar, Julián parecía estar otra vez contento.

–¡Van a investigar! –dijo–. Ya están saliendo en el coche patrulla para **Seagreen**. Nos mantendrán informados. **¡Tía Fanny, no podemos** irnos a **dormir** sin saber **cómo acaba esto!**

–¡No, no podemos! –gritaron los demás, y *Tim* se sumó a la exaltación con un ladrido, dando saltos sin parar.

–Está bien –dijo tía Fany sonriendo–. ¡Vaya pandilla de niños inquietos! **Siempre que salís de paseo tiene que ocurrir algo**. Venga, juguemos a las cartas.

Se pusieron a jugar a las cartas, a la espera de que sonara el teléfono. Pero no sonaba. Se hizo la hora de la cena, y nada.

–Supongo que no tienen novedades –dijo Dick cabizbajo–. Tal vez estábamos equivocados.

De repente *Tim* se puso a ladrar y corrió hacia la puerta.

–Viene alguien –dijo Jorge–. **¡Un coche!**

Todos prestaron atención y oyeron un coche deteniéndose delante de la casa, y luego unos pasos que se acercaban, y finalmente el timbre. Jorge se levantó en un santiamén y abrió la puerta.

–¡Es la policía! –gritó–. **¡Pasen,** adelante!

CAPÍTULO OCHO

Un policía fortachón entró en la casa, seguido por otro. ¡El segundo llevaba un bulto envuelto en un chal! *Tim* dio un salto al instante, y gimió.

–¡Caray, así **que no era un bebé!** –dijo Ana. El policía, sonriente, negó con la cabeza. Luego descubrió la parte superior del bulto. Debajo del **chal** apareció una **pequeña pequinesa** blanca, casi dormida, con su naricita chata.

–¡Oh, qué mona! –dijo Ana–.
¡Despierta, cosita linda!

–Está dopada –explicó el policía–. Supongo que los ladrones temían que llorara de noche y los delatara.

–¡Cuéntenos qué pasó! –suplicó Dick–. ¡**Tim, al suelo!** Jorge, se está poniendo como muy nervioso. **¡Quiere jugar con la perrita!**

–Seguimos la pista que nos disteis y nos dirigimos a **Seagreen** –dijo el policía–. Allí le preguntamos al mozo de estación quiénes se habían bajado del tren y si llevaban un bebé. Nos dijo que se habían bajado cuatro personas, **dos de ellos** eran **una pareja con un bebé envuelto en un chal**. Nos informó de quiénes eran y en seguida fuimos a buscarlos…

–¡**Guau!** –dijo *Tim* interrumpiendo al agente y dando otro salto para alcanzar a la perrita. Pero nadie le hizo caso.

–Nos asomamos por la ventana trasera de la casa y vimos lo que ya **imaginábamos** –continuó el otro policía–. La mujer le estaba dando leche a la perrita en un plato. Sin duda había añadido droga, porque después de beber el animalito se desplomó y se quedó dormido.

–Entonces entramos –prosiguió el otro policía risueño–. El hombre y la mujer estaban tan asustados que lo confesaron todo en seguida: que alguien les había pagado para que robaran la pequinesa, que habían usado el chal de su propio bebé y que se habían llevado a la perrita sin problema mientras se elegía al mejor pastor alemán. **La habían envuelto en un chal**, **tal como sospechabais,** y habían regresado a casa **en el siguiente tren**.

–¡Ojalá hubiera ido con ustedes a **Seagreen**! –dijo Julián–. ¿Saben quién encargó a la pareja el robo de la perrita?

–Sí, ya hemos ido **a interrogarlo**. Ha sido una visita sorpresa –dijo el policía fortachón–. Le hemos informado a la dueña que ya tenemos a su valiosa mascota, pero se siente tan mal que no podrá recogerla hasta mañana. Así que nos preguntábamos si os la querríais quedar por esta noche. Vuestro *Tim* puede cuidar de ella, ¿verdad?

–¡Por supuesto! –contestó Jorge con alegría–. Mamá, me la llevaré a mi habitación, y *Tim* la cuidará con mucho gusto. **¡La adora!**

–Siempre y cuando a tu madre no le importe que metas a dos perros en tu habitación –dijo el policía, y le entregó a Jorge la perrita envuelta en el chal.

Jorge la tomó con cuidado, y *Tim* volvió a saltar.

–No, *Tim*, no seas brusco –le dijo Jorge–.

¡Mira qué pequeñita es! **Hoy tendrás que cuidarla**.

Tim miró a la pequinesa, y luego, suavemente, la lamió con la punta de su lengua rosada. Era la perrita que había olfateado en el tren, la que estaba envuelta en un chal. «¡Oh, sí!», había pensado *Tim*.

–No sé cómo te llamas –dijo Dick acariciando la sedosa cabecita de la perra–. Pero te llamaré ***Aventura otoñal***, aunque no sé cómo se dice eso en pequinés.

Los dos policías se rieron.

–Buenas noches, señora. Buenas noches, niños –dijo el policía fortachón–. La señora Fulton, la dueña de la perrita, llamará mañana. Hoy ha ganado **un premio de mil euros.** Así que me imagino que los niños recibirán **una recompensa**. **¡Buenas noches!**

Por supuesto que **Los Cinco** no aceptaron la recompensa. Pero *Tim* sí recibió la suya por cuidar a la pequinesa. La lleva en el cuello. **Es el collar tachonado más precioso** que ha tenido en su vida. **¡El bueno de *Tim*!**

Si te han gustado estas historias cortas
de Los Cinco, encontrarás mucha más acción
y aventuras en las novelas completas de Los Cinco.
Esta es la lista de los veintiún títulos: